Negrinha

MONTEIRO LOBATO

NEGRINHA
CENTENARY BILINGUAL EDITION

& the 1920 first edition facsimile

TRANSLATED FROM THE PORTUGUESE BY
FLAVIA FERREIRA DOS SANTOS

YWG
Publishing House

Published by YWG Publishing House
WWW.YELLOWWOODPECKERGRANGE.COM

London, 2020.

Set in Constantia.
Original text by Monteiro Lobato (1882–1948).
Translation, adaptations and notes by Flavia Ferreira dos Santos.
Foreword, Afterword and Author's biography by Flavia Ferreira dos Santos.

Unabridged text.

A CIP catalogue record for this book is available from the British Library, the Bodleian Library, the Cambridge University Library, the National Library of Scotland, the National Library of Wales and the Trinity College, Dublin.

Library of Congress Cataloging-in-Publication Data.

ISBN: 978-1-913475-99-4

CONTENTS

NEGRINHA – CENTENARY BILINGUAL EDITION

FOREWORD *3*
NEGRINHA – BILINGUAL VERSION *5*
AFTERWORD *19*

***

NEGRINHA – 1920 FIRST EDITION FACSIMILE 23

***

ABOUT THE AUTHOR *49*

NEGRINHA
CENTENARY BILINGUAL EDITION

FOREWORD

Raised under the knuckles of Mistress Ignacia, the abused, dehumanised leading character in this story is a seven-year-old who, unnamed throughout the story, trusts her real name is *Negrinha*—a Portuguese word that means little black girl. It's December and the child has a cheerful encounter that changes her take on life.

Although it was published for the first time in 1920, NEGRINHA is a story set some thirty years earlier. The title character was born free, but to a slave mother, after the Free Womb Law on the 28 September 1871. By the time she is four and her mother dies, the Abolition of Slavery on the 13 May 1888 has already happened, to the dismay of hypocrite Ignacia, the former slave owner. Ignacia refuses to get used to, in her own words, 'the new regimen where blacks and whites are equal' and releases her anger on the child.

Tender and raw, sarcastic and candid, NEGRINHA, historical fiction probably based on real people and stories, belongs in the tearjerker genre too. It is on the list of the 100 best short stories in Brazil, where it is also one of the best-known stories, having sold 15,000 copies on the first year of its release.

This centenary bilingual edition brings for the first time NEGRINHA translated into English, together with the Portuguese text in the latest grammatical convention, and a facsimile of the original pages of the first edition of 1920, with the spellings of its time.

In the two modern versions, some words were put in Italics to mark sarcasm, irony and some of the figurative speech.

NEGRINHA (1920)

Negrinha was a poor, seven-year-old orphan. Was her skin black? Not quite. She was mixed race, with very dark brown skin and discoloured strands on her hair, and frightened eyes.

She was born down in the basement, in the slave quarters, to a slave mother, and spent her early years in the covert corners of the kitchen, lying on tattered straw mats and filthy rags. She was always concealed, as the house owner did not like children.

This house owner was an *excellent lady*, she was. Fat, rich, owner of the world, pampered by the clergymen, she had a reserved chair in the church and a luxurious room reserved in heaven. Her large body tightly squeezed in the *throne* (a rocking chair in the dining room), there she sewed embroideries, received friends and the vicar, held audiences, talked about the weather. In short, a *virtuous lady*. 'A lady of great apostolical virtues,' the reverend use to say, 'a pillar of religion and moral.'

Great, that Mistress Ignacia. But she would not allow the cries of children. Ouch! That noise got to her nerves. She was a childless widow; she did not put up with the cries of a child of her own flesh, and that's why she wasn't going to tolerate the cries of the flesh of slave

Negrinha era uma pobre órfã de sete anos. Preta? Não; fusca, mulatinha escura, de cabelos ruços e olhos assustados.

Nascera de mãe escrava, na senzala, e seus primeiros anos de vida vivera-os pelos cantos escusos da cozinha, sobre farrapos de esteira e panos imundos. Sempre escondida, que a patroa não gostava de crianças.

Excelente senhora, a patroa. Gorda, rica, dona do mundo, amimada dos padres, com lugar certo na igreja e camarote de luxo garantido no céu. Entaladas as banhas no trono (uma cadeira de balanço na sala de jantar), ali bordava, recebendo as amigas e o vigário, dando audiências, discutindo o tempo. Uma *virtuosa senhora*, em suma. "Dama de grandes virtudes apostólicas," dizia o reverendo, "esteio da religião e da moral."

Ótima, a D. Ignacia. Mas não admitia choro de criança. Ai! Punha-lhe os nervos em carne viva. Viúva sem filhos, não a calejara o choro da carne da sua carne, e por isso não suportava o choro da carne da carne *escrava*. Assim, mal vagia, de longe, na cozinha, a triste criança, gritava logo, nervosa:

"Quem é a peste que está chorando aí?"

Quem havia de ser? A pia de lavar pratos? O pilão? A mãe da *criminosa* abafava-lhe a boquinha e corria com ela para o fundo do quintal, torcendo-lhe em caminho beliscões desesperados:

"Cala a boca, peste do diabo!"

No entanto o choro nunca lhe vinha sem razão. Fome, quase sempre, ou frio, desses que entanguem pés e mãos e fazem-nos doer, doer...

Assim cresceu Negrinha — magra, atrofiada, com olhos eternamente assustados. Órfã aos quatro anos, ficou para ali, feito um gato sem dono, levada a pontapés. Não compreendia a ideia dos grandes. Batiam-lhe sempre, por ação ou omissão. A mesma coisa, o mesmo ato, a mesma palavra provocava, ora risadas, ora castigos. Aprendeu a andar, mas não andava, quase. Com pretexto de que às soltas reinaria no quintal, estragando as plantas, a *boa senhora* punha-a na sala, ao pé de si, num desvão de porta.

---

flesh. As soon as the sad infant began to cry far away in the kitchen, Ignacia would scream nervously.

'Who is this pest crying over there?'

Who else could it be? Could it be the washing-up sink? The pestle and mortar? The mother of the *criminal* would muff her daughter's little mouth and rush with her to the back yard, desperately pinching the baby.

'Shut your mouth, devil's pest!'

However, that crying never started for no reason. It was hunger more often than not. Or cold, that kind of cold that makes our feet and hands stiff and ache, ache...

That's how Negrinha was raised—scrawny, stunted, with those eternally-frightened eyes. Orphan at four-years-old, she remained on the kitchen floor, like a cat without an owner, literally kicked around. She could not understand the logic of the grown-ups. They were constantly hitting her for what she did, and also for what she did not do. The same thing, the same action of hers, the same wording, could result in fits of laughter or a sequence of punishments. She learned how to walk, but walk she nearly didn't. Under the excuse that if she were left free to roam she would spoil the plants in the garden, the *good lady* would place her in the sitting room, by her feet, tucked into the front door nook.

'Sit down and keep your mouth shut, okay?'

Negrinha would hold still in her corner for hours.

'Cross your arms right now, devil!'

She would cross her little arms, trembling, always with those fearful eyes. And time flew. The clock struck one, two, three, four, five o'clock—the cuckoo was so cute! Watching the cuckoo opening the little window and singing the time with its red beak wide open, fluttering its wings, was her entertainment. She smiled inside herself, pleased, for a moment.

Then they decided to put her doing crochet, and the hours passed while she braided endless wool.

What did she think of herself, a child who never heard a word of affection? Pest, devil, owl, peeled cockroach, witch, useless duck, cursed chick, dead fly, filth, deviant, rag, little dog, demon, rubbish—countless were the nicknames people *graced* her with. There was a time in which she was being called Bubonic. The epidemic was at its peak, it was everybody's talk, and Negrinha soon found herself nicknamed that. And by the way she found the word beautiful. They realised that and suppressed it from

"Sentadinha aí e bico, hein?"

Negrinha imobilizava-se no canto horas e horas.

"Braços cruzados já, diabo!"

Cruzava os bracinhos, a tremer, sempre com o susto nos olhos. E o tempo corria. O relógio batia uma, duas, três, quatro, cinco horas — um cuco tão engraçadinho! Era seu divertimento vê-lo abrir a janela e cantar as horas com a bocarra vermelha, arrufando as asas. Sorria-se, então, feliz, um momento.

Puseram-na depois a fazer crochê, e as horas se lhe iam a espichar trancinhas sem fim.

Que ideia faria de si essa criança que nunca ouvira uma palavra de carinho? Pestinha, diabo, coruja, barata descascada, bruxa, pata choca, pinto gorado, mosca morta, sujeira, bisca, trapo, cachorrinha, coisa-ruim, lixo — não tinha conta o número de apelidos com que a *mimoseavam*. Tempo houve em que foi "Bubônica". A epidemia andava na berra, como novidade, e Negrinha viu-se logo apelidada assim — e por sinal achou linda a palavra. Perceberam-no e suprimiram-na da lista. Estava escrito que não teria um só gostinho na vida, nem esse de personalizar a peste...

O corpo de Negrinha era tatuado de sinais roxos, cicatrizes, vergões. Batiam nele os da casa, todos os dias, *houvesse* ou não motivos. A sua pobre carne exercia para os cascudos, cocres e beliscões a mesma atração que o ímã exerce para o aço.

Mão em cujos nós de dedos comichasse um cocre, era mão que se descarregaria dos fluidos em sua cabeça, de passagem. Coisa de rir e ver a careta...

A *excelente* Dona Ignacia era mestra na arte de judiar de crianças. Vinha da escravidão, fora senhora de escravos — e daquelas ferozes, amigas de ouvir cantar o bolo e estalar o bacalhau. Nunca se afizera ao regime novo, "essa *indecência* de negro igual a branco e *qualquer coisinha*: a polícia!"

"Qualquer coisinha": uma mucama assada ao forno porque se engraçou dela o senhor; uma novena de relho porque disse: "Como é ruim a sinhá!"

the list. It was written somewhere that she was not going to have one single pleasure in life—not even this one of being the personification of the plague...

Negrinha's body was tattooed with bruises, scars, and whip welts; battered by those who lived in the house, every day, had they felt there was a *reason* or not. Her poor flesh exerted on punches, knuckle-knocks and pinches the same attraction a magnet exerts on steel.

Hands in which the knuckles itched for a knock, were the hands that popped the synovial fluid against her head. Just passing by. Just for a laugh. Just to see her wince.

The *excellent* Mistress Ignacia was mistress in the art of making children suffer. She had brought that with her from the years of slavery. She had been a mistress of slaves—she was one of the vicious ones, friends with the sounds of people screaming in agony and the cracking of the whip. She never got used to the new regime, 'this *indecency* of blacks being equal to whites and for *any little thing*: Police!'

'Any little thing': a black lady's maid was baked in the oven because her master took a fancy to her; another one was flogged nine times because she was overheard saying, 'Mistress is so evil!'

The 13th of May[1] took the scourge off her hands, but didn't take from her soul the inclination. She kept, thus, Negrinha in the house as a remedy for her impulses. A *simple derivative*.

'Oh! A round of hard knuckle-knocks is such a relief!'

She had to make do with that, smaller abuses, the nickels from cruelty. Knuckle-knocks: hand shut with anger, and the knuckles hit hard the top of the head of the victim. Ear-pulling: the one that twisted so much it caused deformity (*'Nice, nice, nice! It feels good* to pull one's ears!') and the one with both hands holding the victim by both ears, then shaking them hard. The whole assortment of pinches: from the tiny ones, with the edges of the nails, to the navel-squeezer ('sheer *pleasure*'), which was just as bad as the ear-pulling. The 'mop': a round of slaps, punches, kicks and thrusts against the same person (*'so much fun!'*). The twig from the quince tree is flexible, cutting ('for a slicing bit of pain, there is nothing *better!*').

It wasn't much, but it was better than nothing. Every now and again a bigger punishment would pop up, just to discharge the liver and *reminisce* the *good* old days. That story of the hot egg was one of those cases.

O 13 de maio tirou-lhe das mãos o azorrague, mas não lhe tirou da alma a gana. Conservava, pois, Negrinha em casa como remédio para os frenesis. *Simples derivativo.*

"Ai! Como alivia a gente uma roda de cocres bem fincados!"

Tinha de contentar-se com isso, judiaria miúda, os níqueis da crueldade. Cocres: mão fechada com raiva e nós de dedos que cantam no coco do paciente. Puxões de orelha: o torcido, de despegar a concha (*"Bom, bom, bom! Gostoso* de dar!") e o a duas mãos, o sacudido. A gama de beliscões: do miudinho, com a ponta da unha, ao torcicão do umbigo (*"suculento"*), equivalente ao puxão de orelha. A esfregadela: roda de tapas, cascudos, pontapés e safanões a uma (*"divertidíssimo!"*). A vara de marmelo, flexível, cortante ("para doer fino, nada *melhor!"*).

Era pouco, mas antes isso do que nada. Lá de vez em quando vinha um castigo maior para desobstruir o fígado e *matar saudades* do *bom* tempo. Foi assim com aquela história do ovo quente.

---

[1] Slavery was abolished in Brazil on the 13th of May 1888—Tr.

Não sabem? Ora! Uma criada nova furtara do prato de Negrinha — coisa de *rir* — um pedacinho de carne que ela guardava para o fim. A criança não sofreou a revolta e atirou-lhe um dos nomes com que a *mimoseavam* todos os dias.

"Peste? Espere aí! Você vai ver quem é peste."

E foi contar o caso à patroa.

D. Ignacia estava azeda e *necessitadíssima de um derivativo*. Sua cara iluminou-se.

"Eu curo ela!" disse, desentalando as banhas do trono e indo para a cozinha, qual uma perua choca, a rufar as saias.

"Traga um ovo!"

Veio o ovo. D. Ignacia mesma pô-lo na chaleira d'água a ferver e, de mãos à cinta, gozando-se da prelibação da tortura, ficou de pé uns minutos, à espera. Seus olhos contentes envolviam a mísera criança que, encolhidinha a um canto, trêmula, olhar esgazeado, aguardava alguma coisa de nunca visto. Quando o ovo chegou a ponto, a *boa senhora* exclamou:

"Venha cá!"

Negrinha aproximou-se.

"Abra a boca!"

Don't you know? Oh! A new housemaid had stolen—a *laughable matter*—a little chunk of meat from Negrinha's plate that she was keeping to the end. The child rebelled and called her by one of the names that she herself was *graced* with every day.

'Pest? Just you wait there! You'll see who the pest is.'

She went to speak to the mistress.

Mistress Ignacia had been in a sour mood, very *needy of derivatives*. Her face brightened up.

'I'll sort her out!' she said, and popping her layers of fat off the frame of her *throne*, she walked to the kitchen, like a broody turkey, waggling her skirts.

'Get me an egg!'

The egg arrived. Mistress Ignacia herself laid it into the boiling kettle, and, hands to her waist, enjoying the preliminaries of torture, she stood there for a few minutes, waiting. Her gaze, filled with contentment, shrouded the poor child who, shrunk into a corner, waited, trembling, with terrified eyes, something that she had never seen before. When the egg was hot enough, the *good lady* called.

'Come here!'

Negrinha got closer.

'Open your mouth!'

Negrinha opened her mouth, like the cuckoo, and shut her eyes. The mistress, then, collected the trembling egg with a spoon and *zaz!* placed the egg into the mouth of the little child. And before the pain bellowed out of her mouth, Ignacia's hands gagged her until the egg was cool—Ignacia had already some practice in this torture and knew what to do. Negrinha bellowed by the nostrils, soundlessly. She jerked. But that was all. Not even the neighbours realised what had happened in there.

'Call your elders ugly names again, do you hear me, pest?' said Ignacia afterwards.

The *virtuous lady* returned, very happy within herself, to the *throne*, to receive the vicar who had just arrived.

'Oh, monsignor! One can't be good in this life... I have been raising that poor orphan, Cezaria's daughter. But it's such hard work!'

'Charity is the most beautiful virtue!' exclaimed the vicar.

'Yes, but it makes one tired...'

'Kindness to the poor is a loan to the Lord!'

The *good lady* sighed, with *mercy*.

'That's why it's worth it...'

One December, *Saint Ignacia* hosted during the school holidays two nieces of hers—beautiful little louras, ricas, *nascidas e criadas em ninho de plumas.*

Negrinha, do seu canto, na *sala do trono*, viu-as irromper pela casa adentro como dois anjos do céu — alegres, pulando e rindo numa vivacidade de cachorrinhos novos. Negrinha olhou imediatamente para a senhora, certa de vê-la armada para desferir sobre os anjos invasores o raio dum castigo tremendo.

Mas abriu a boca: ela ria-se também... Que? Pois não era um *crime* brincar? Estaria tudo mudado — e findo o seu inferno — e aberto o céu?

No enlevo da doce ilusão, Negrinha levantou-se e veio para a festa infantil, fascinada pela alegria dos *anjos*.

Mas logo a dura lição da desigualdade humana chicoteou sua alma. Beliscão no umbigo e, nos ouvidos, o som cruel de todos os dias:

"Já para o seu lugar, pestinha! Não se enxerga?"

Com lágrimas dolorosas, menos de dor física que de angústia moral — sofrimento novo que se vinha somar aos já conhecidos —, a triste criança encorujou-se no cantinho de sempre.

"Quem é, titia?" perguntou uma das meninas, curiosa.

blonde girls, rich, *born and raised in a nest of plumes.*

From her nook in the *throne room* Negrinha saw them romp into the house like two angels from heaven—happy, bouncy, laughing, as full of life as puppies. Negrinha looked at the mistress immediately, certain that she would be ready to strike the invading angels with the lightning bolt of a tremendous punishment.

But her jaw dropped. The mistress was laughing too. What? Wasn't it a *crime* to have fun? Was it all changed—her hell ended—and heaven had opened?

Enraptured by this sweet illusion, Negrinha got up and joined the children's party, fascinated by the joy of the *angels*.

But soon the tough lesson on human inequality whipped her soul. The navel was pinched and the ears heard the cruel every-day call.

'Back to your place, you little pest! Don't you see yourself?'

Pained tears for the physical pain and even more so for the moral anguish—a new kind of suffering that came to grow on her, to join the others that she already recognised—the sad child withdrew to her usual corner like an owl retreats into a burrow.

'Who is that, auntie?' asked one of the girls, curious.

'Who could that be?' said the aunt, sighing like a victim. 'That's a charity of mine. I don't learn my lesson; I keep raising these poor souls of God... she's an orphan. But do play, sweethearts, the house is big, you can play all around it.'

'Play'! Play! How nice it would be to play! reflected behind tears, in her nook, the pained little martyr, who up to then had only played with the cuckoo, and only in her imagination!

The suitcases arrived.

'My toys!' ordered the two girls straight away.

A maid opened the suitcases and got the toys out.

How wonderful! A stick horse on wheels! Negrinha opened her eyes wide. She had never imagined such a cute thing. A little horse! And more... now... what's that? A little child with yellow hair... who says 'papa'... who sleeps...

There was euphoria in Negrinha's eyes. She had never seen a doll and she didn't even know the name of that toy. However, she did grasp that it was an artificial child.

'She is fabricated!' she murmured, ecstatically.

Dominated by the rapture again, in a moment in which the mistress had left the room to see about the preparations for the guests, Negrinha forgot all about the

"Quem há de ser?" disse a tia num suspiro de vítima. "Uma caridade minha. Não me corrijo, vivo criando essas pobres de Deus... uma órfã. Mas brinquem, filhinhas, a casa é grande, brinquem por aí afora."

"Brinquem"! Brincar! Como seria bom brincar! Refletiu com suas lágrimas, no canto, a dolorosa martirzinha que até ali só brincara, em imaginação, com o cuco!

Chegaram as malas e logo:

"Meus brinquedos!" reclamaram as duas meninas.

Uma criada abriu as malas e tirou-os fora.

Que maravilha! Um cavalo de rodas! Negrinha arregalava os olhos. Nunca imaginara coisa assim, tão galante. Um cavalinho! E mais... agora... que era aquilo? Uma criancinha de cabelos amarelos... que fala papá... que dorme...

Era de êxtase o olhar de Negrinha. Nunca vira uma boneca e nem sequer sabia o nome desse brinquedo. Mas compreendeu que era uma criança artificial.

"É feita!" murmurou, extasiada.

E, dominada pelo enlevo, um momento em que a senhora saiu da sala a providenciar sobre a arrumação das meninas, Negrinha esqueceu o beliscão, o ovo quente, tudo, e aproximou-se da criaturinha de louça. Olhou-a com assombro e encanto, sem jeito, sem ânimo de pegá-la.

As meninas admiraram-se daquilo.

"Nunca viu boneca?"

"Boneca?" repetiu Negrinha. "Chama Boneca?"

Riram-se as meninas de tanta *ingenuidade*.

"Como é boba!" disseram. "E você? Como se chama?"

"Negrinha."

As meninas novamente torceram-se de riso. Mas vendo que o êxtase da *bobinha* perdurava, disseram-lhe, estendendo-lhe a boneca:

"Pegue!"

Negrinha olhou para os lados, ressabiada, com o coração aos pinotes. Que aventura, Santo Deus! Seria possível? Depois, pegou a boneca. E, muito sem jeito, como quem pega o Senhor Menino, sorria para ela e para as meninas, com relances de olhos assustados para a porta. Fora de si, literalmente... era como se penetrasse no céu e os anjos a rodeassem, e um filhinho de anjo lhe viesse adormecer ao colo. Tamanho foi o enlevo que não viu chegar a patroa já de volta. D. Ignacia entreparou, feroz, e esteve uns instantes assim, imóvel, presenciando a cena.

navel-pinching, the hot egg, everything, and approached the little porcelain creature. She stared, surprised, and delighted, but awkwardly, without wanting to touch it.

This surprised the girls.

'Hadn't you ever seen a doll before?'

'Adoll?' asked Negrinha. 'Is she called Adoll?'

The girls laughed at such *naivety*.

'She's so silly!' they said. 'How about you? What are you called?'

'Little negro.'

The girls burst into another fit of laughter. But, when they noticed that the *silly one's* astonishment was not over, they offered her the doll.

'Hold her!'

Negrinha looked at both sides, wary, heart pounding. Bliss, Holy God! Could that be possible? Then, she held the doll. And, awkwardly, like someone who holds Baby Jesus, she smiled at the doll and at the girls, and casted frightened glances at the door. She was beside herself... she felt as if she had broken into heaven and angels had surrounded her, and the little son of an angel had come to sleep in her arms. The rapture was so intense that she didn't see that the mistress was back. Mistress Ignacia halted, fierce, and spent a moment like this, immobile, witnessing the scene.

But such was the excitement of the nieces before the fascinated surprise of Negrinha's, and so great was the irradiating force of her happiness, that Ignacia's hard heart finally wobbled. And, for the first time in her life, she was a woman: she felt pity.

When Negrinha realised that Ignacia was in the room, she trembled, and the image of the hot egg quickly appeared into her thoughts, and this was followed by the hypotheses of even worse punishments. Incoercible tears of fear loomed into her eyes.

But none of that happened. What did happen was the most unexpected thing in the world— these words, the first sweet ones she had heard in her life.

'Go and play in the garden, all of you. You too, but watch out, okay?'

Negrinha raised her gaze and looked, eyes still filled with fright and terror, at her *mistress*. Yet she didn't see the beast of olden times. She comprehended and smiled.

If Gratitude has ever smiled, it smiled through that little face.

There may be variations in skin, and in means, but the soul of a child is the same—from the little princess to the pauper. And for both the doll is the supreme elation. Nature grants women two divine periods in life: the period of doll—preparatory

Mas era tal a alegria das sobrinhas ante a surpresa extática de Negrinha, e tão grande a força irradiante da felicidade desta, que o seu duro coração, afinal, bambeou. E pela primeira vez na vida soube ser mulher. Apiedou-se.

Ao percebê-la na sala Negrinha tremeu, passando-lhe num relance pela cabeça a imagem do ovo quente e hipóteses de castigos piores ainda. E incoercíveis lágrimas de pavor assomaram-lhe aos olhos.

Falhou tudo isso, porém. O que sobreveio foi a coisa mais inesperada do mundo — estas palavras, as primeiras que ouviu, doces, na vida:

"Vão todas brincar no jardim, e vá você também, mas veja lá, hein?"

Negrinha ergueu os olhos para a *patroa*, olhos ainda de susto e terror. Mas não viu nela a fera antiga. Compreendeu e sorriu-se.

Se a Gratidão sorriu na vida alguma vez, foi naquela carinha.

Varia a pele, a condição, mas a alma da criança é a mesma, na princesinha e na mendiga. E para ambas é a boneca o supremo enlevo. Dá a natureza dois momentos divinos à vida da mulher: o momento da boneca, preparatório, e o momento dos filhos, definitivo. Depois disso, está extinta a mulher.

Negrinha, *coisa humana*, percebeu que tinha uma alma no primeiro dia da boneca. Divina eclosão! Surpresa maravilhosa do mundo que trazia em si, e que se desabrochava, afinal, como fulgurante flor de luz. Sentiu-se elevada à altura de ser humano. Cessara de ser coisa e doravante lhe era impossível viver a vida de coisa. Se não era coisa! Se sentia! Se vibrava!

Assim foi, e essa consciência a matou.

Terminadas as férias, partiram as meninas, levando consigo a boneca, e a casa reentrou no ramerrão habitual. Só não voltou a si Negrinha. Sentia-se outra, inteiramente transformada.

D. Ignacia, pensativa, já a não atazanava tanto, e na cozinha uma criada nova, boa de coração, amenizava-lhe a vida.

Negrinha, não obstante, caíra numa tristeza infinita. Mal comia e perdera a expressão de susto que tinha nos olhos. Trazia-os agora nostálgicos, cismarentos.

Aquele dezembro de férias, luminosa rajada de céu trevas adentro do seu doloroso inferno, envenenara-a.

—and the period of children—definitive. Then, she is done.

Negrinha, *human thing*, realised that she had a soul on this first day with the doll. Divine eclosion! Wonderful surprise of the world which she carried within herself and that was now finally blossoming, like a shinning flower of light. She felt promoted to the elevated condition of being human. She ceased to be a thing—and henceforth it would be impossible for her to live the life of things. As she was not a thing! She had feelings! She pulsated!

That was it—and this consciousness killed her.

Holidays over, gone were the girls, taking with them the doll, and the house resumed its usual routine. The only one who didn't return was Negrinha to her old self. She felt like a different person, wholly transformed.

Mistress Ignacia, subdued, didn't bother her as much as before, and in the kitchen a new kind-hearted maid made her life easier.

Despite that, Negrinha fell into infinite sadness. She hardly ate anything and she lost that frightened expression she used to carry in her eyes. She carried them now nostalgic, brooding.

That holiday December, a luminous blast from heaven straight into the murkiness of her painful hell, poisoned her.

She had played in the garden, under the sunlight. Played! Day after day she lulled the so nice, so quiet, *beautiful blonde doll* who said papa and shut her eyes to sleep. She lived, and turned into reality the dreams of her imagination. The blooming of her soul had happened.

The sudden removal of all that was too hard for the feeble resistance of a soul that had been flourished for only one month. She became weak and lost weight, as if consumed by an invisible, debilitating disease. In came fever and took her away.

She died on the ragged straw mat, abandoned by everyone, like a cat without an owner. Never, however, had anybody died with more beauty. Delirium had surrounded her with dolls, *all blue-eyed and blonde*. And angels... Dolls and angels whirled around her, dancing a heavenly farandole. She felt grabbed by those little porcelain hands, and hugged, and spinning around.

Dizziness took place and a haze covered everything. And everything revolved, confusingly, like a wheel. Faded voices resounded far away and for the last time the cuckoo had the mouth open. But immobile, without fluttering the wings. The cuckoo faded too. The red inside the mouth became faint... And everything else vanished into darkness.

Brincara ao sol, no jardim — brincara!... Acalentara, dias seguidos, a *linda boneca loura*, tão boa, tão quieta, a dizer papá e a cerrar os olhos para dormir. Vivera realizando sonhos da imaginação. Desabrochara-se de alma.

A repentina retirada de tudo isso fora forte demais para a débil resistência de uma alma com um mês de vida apenas. Enfraqueceu, definhou, como roída de invisível doença consumptiva. E uma febre veio e a levou.

Morreu na esteirinha rota, abandonada de todos, como um gato sem dono. Ninguém, entretanto, morreu jamais com maior beleza. O delírio rodeou-a de bonecas, *todas louras, de olhos azuis*. E de anjos... E bonecas e anjos redemoinhavam em torno dela numa farândola do céu. Sentiu-se agarrada por aquelas mãozinhas de louça, abraçada, rodopiada.

Veio a tontura e uma névoa envolveu tudo. E tudo regirou em seguida, confusamente, num disco. Ressoaram vozes apagadas, longe, e o cuco pela última vez lhe apareceu, de boca aberta. Mas imóvel, sem rufar as asas. Foi-se apagando. O vermelho da goela desmaiou... E tudo se esvaiu em trevas.

Depois, a vala comum. A terra papou com indiferença sua *carnezinha de terceira*, uma miséria, quinze quilos mal pesados...

E de Negrinha ficaram no mundo apenas duas impressões. Uma cômica, nas meninas ricas:

"Lembra-te? Aquela bobinha da titia, que nunca vira uma boneca?"

Outra de saudade, no nó dos dedos de D. Ignacia:

"Como era boa para um cocre!"

Then, the common grave. Earth devoured with indifference *that cheap cut of meat*—hardly anything there, fifteen kilograms at most...

From Negrinha, the world was left with only two impressions. One comical, in the memories of the rich girls.

'Do you remember? That silly one who lived at auntie's and had never seen a doll before?'

And one of reminiscence on mistress Ignacia's knuckles.

'She was good for knuckle-knocks!'

***

AFTERWORD

'THERE MAY BE VARIATIONS IN SKIN, AND IN MEANS,
BUT THE SOUL OF A CHILD IS THE SAME—FROM THE
LITTLE PRINCESS TO THE PAUPER.'
Monteiro Lobato, in NEGRINHA.

A century ago, Monteiro Lobato published two new short stories with one element in common: in both, the leading character is a seven-year-old orphan girl who is being raised by a white widow and a black chef. Both stories achieved immediate and tremendous success with public and critics.

Lucy Encerrabodes de Oliveira, the heroine of THE GIRL WITH THE RETROUSSÉ NOSE[2] (*A MENINA DO NARIZINHO ARREBITADO*), lives in what the author describes as 'the only good place in the world': The Yellow Woodpecker Grange. Lucy has a whole grange to roam free and explore, and for company she has no less than the best doll in the world, Emily. Thanks to the good education she receives from Dona Benta and the good nutrition she receives from Aunt Nastacia, and the loving attentions of both ladies, in later books of the series that developed in the forthcoming years we see that Lucy excels in Maths, has business acumen and great knowledge of Science and History, which are traits that hint of her future as a woman out in the world. She may become a successful farmer; she may go to the city and into further education. But Lucy undoubtedly has a future. But while she is still a child, we know that her main personality trait is her creativity, and her striking feature is on the centre of her face: her retroussé nose pointing forward and upwards, guiding her. 'A girl with a retroussé nose is not afraid of anything,' says Retroussy Lucy, who adds, 'we always find a way for everything and in the end it all ends well.' As for the colour of the child, Lucy is brown-skinned (her nose is mistaken for a lump of brown sugar), with dark brown hair and eyes as black as a jaboticaba berry. In the volume WORLD HISTORY FOR YOUNGSTERS, the author slips the

---

[2] Monteiro Lobato later turned this short story into the first part of a children's novel called *Reinações de Narizinho* (published in English as RECREATIONS BY RETROUSSY BOOK ONE and BOOK TWO).

information that Lucy has some Mediterranean ancestry. For all we know she could be half-white, half-native Brazilian. She could also have Arabic, Turk, or African ancestry, considering the populations of the surrounding area. Thanks to her cute retroussé nose, she is known as *Narizinho*[3].

The centre figure of the tragedy that unfolds in the short story NEGRINHA is a scrawny, stunted, little girl. Unnamed throughout the story, she gets called by the generic word *Negrinha*, which she believes to be her name. Mistress Ignacia, who got custody of her since she was four, is a sadistic and racist child abuser. The neighbours and the vicar know none the better. *Negrinha* barely receives any food, bears many scars from the beatings, and is obliged to spend the whole day sitting, quiet, tucked into the front door nook. She craves playing outside and she has never seen a doll in her life. 'What did she think of herself, a child who never heard a word of affection?' wonders the author. Innocent *Negrinha* dwells in a society where fancy dolls and heavenly angels bear, without exception, the same appearance of blue-eyed blond children. She has frightened eyes, deformed ears from the punishments, and a burnt mouth. As for the discoloured strands on her hair, it is not clear whether it is from the malnutrition or the forceful miscegenation that could set Ignacia and *Negrinha* as sisters, or aunt and niece, or stepmother and stepdaughter— poor *Negrinha* could be the rightful heiress of the house where she is the kicked moggy cat that sleeps on the kitchen floor and could potentially spoil the plants. The author also uses birds for some of his analogies: ferocious Ignacia is a big brooding turkey that lays eggs into boiling water; her two bubbly nieces, born and raised in a nest of plumes; *Negrinha* in the nook is a burrowing owl, and the cuckoo pictures her in the three stages of the story—it is her child needs seeking fun, it is her open-mouthed agony with the egg, it is her dead body upon the departure of her soul.

If *Negrinha* is as captive and lifeless as a wooden cuckoo inside a clock, her fellow 1920 protagonist Lucy is as happy and free as a yellow woodpecker. Yet 'Narizinho' and

---

[3] 'Nariz' is Portuguese for the word nose. *Narizinho* means little nose, or cute nose.

'Negrinha', counterparts, are the same brown-skinned orphan girl aged seven, raised under different means: financial, family, class system, respect, and so forth. And different treatments lead to different futures. *Negrinha*'s was the common grave, too early. Hers is a story that ends in a downbeat. Monteiro Lobato, whose writing style has so much clarity, political passion and fearless sarcasm, tackled in one short story, daringly named NEGRINHA and released almost together with cheerful NARIZINHO, a small range of very delicate themes, bringing into the drawing room of the white upper classes the suffering of those whose cries is muffed every day. NEGRINHA is a warning against the dangerous silence of child domestic abuse and childhood depression ('Negrinha's body was tattooed with bruises, scars, and whip welts; battered by those who lived in the house, every day', 'Negrinha bellowed by the nostrils, soundlessly. She jerked. But that was all. Not even the neighbours realised what had happened in there', 'Ignacia was mistress in the art of making children suffer', 'Negrinha fell into infinite sadness. She hardly ate anything', 'as if she were consumed by an invisible, debilitating disease'). It is a manifest against racial hatred, colour-biased psychological harassment and disregard for the lives of black people ('The 13th of May took the scourge off her hands, but didn't take from her soul the inclination', 'She never got used to the new regime, *this indecency of blacks being equal to whites and for any little thing: Police!*', 'Back to your place, you little pest! Don't you see yourself?', 'Delirium had surrounded her with dolls, all blue-eyed and blonde. And angels...'). It is a statement against social inequality and a call for equal opportunities ('But soon the tough lesson on human inequality whipped her soul', 'She felt promoted to the elevated condition of being human', 'It was written somewhere that she was not going to have one single pleasure in life'). One hundred years later, this compelling Abolition-times account is still fresh and *Negrinha* under Ignacia's knuckles is a symbol for resistance and the desire for change.

NEGRINHA

1920 FIRST EDITION FACSIMILE

Monteiro Lobato

NEGRINHA

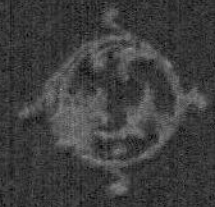

NEGRINHA

MONTEIRO LOBATO

NEGRINHA

(CONTOS)

1.º MILHEIRO

S. PAULO - 1920
Edição da REVISTA DO BRASIL
Monteiro Lobato & Cia.

Secção de Obras d' "O Estado de S. Paulo" — 1920

NEGRINHA

NEGRINHA

NEGRINHA era uma pobre orphã de sete annos. Preta ? Não, fusca, mulatinha escura, de cabellos russos e olhos assustados.

Nascera de mãe escrava, na senzala, e seus primeiros annos de vida vivera-os pelos cantos escusos da cozinha, sobre farrapos de esteira e pannos immundos. Sempre escondida, que a patrôa não gostava de crianças.

Excellente senhora, a patrôa. Gorda, rica, dona do mundo, amimada pelos padres, com logar certo na egreja e camarote de luxo garantido no céo. Entaladas as banhas no throno, uma cadeira de balanço na sala de jantar, alli bordava, recebendo as amigas e o vigario, dando audiencias, discutindo o tempo. Uma virtuosa senhora, em summa — "dama de grandes virtudes apostolicas, dizia o padre, esteio da religião e da moral".

Optima a D. Ignacia. Mas não admittia chôro de criança. Ai ! punha-lhe os nervos em carne viva. Viuva sem filhos, não a callejara o chôro da carne da sua carne, e por isso não supportava o chôro da carne da carne escrava. Assim, mal vagia, longe, na cozinha, a triste criança, gritava logo, nervosa :

— Quem é a peste que está chorando ahi ?

Quem havia de ser ? A pia de lavar pratos ? O pilão? A mãe da criminosa abafava-lhe a boquinha e corria com ella para o fundo do quintal, torcendo-lhe em caminho beliscões desesperados :

— Cala a bocca, peste do diabo !

No emtanto o chôro nunca lhe vinha sem razão. Fome, quasi sempre, ou frio, desses que entanguem pés e mãos e fazem-nos doer, doer...

Assim cresceu Negrinha — magra, atrophiada, com olhos eternamente assustados. Orphã aos quatro annos, ficou para alli, feita um gato sem dono, levada a ponta-pés. Não comprehendia a idéa dos grandes. Batiam-lhe sempre, por acção ou omissão. A mesma coisa, o mesmo acto, a mesma palavra provocava, ora risadas, ora castigos. Aprendeu a andar, mas não andava, quasi. Com pretexto de que ás soltas reinaria no quintal, estragando as plantas, a boa senhora punha-a na sala, ao pé de si, num desvão de porta.

— Sentadinha ahi, e bico, hein ?

Negrinha immobilizava-se no canto horas e horas.

— Braços cruzados, já, diabo !

Cruzava os bracinhos, a tremer, sempre com o susto nos olhos. E o tempo corria. O relogio batia uma, duas, tres, quatro, cinco horas—um cuco tão engraçadinho! Era seu divertimento vel-o abrir a janella e cantar as horas com a boccarra vermelha, arrufando as azas. Sorria-se, então, feliz, um momento.

Puzeram-na depois a fazer crochê, e as horas se lhe iam a espichar trancinhas sem fim.

Que idéa faria de si essa criança, que nunca ouvira uma palavra de carinho ? Pestinha, diabo, coruja, barata descascada, bruxa, pata choca, pinto gorado, mosca morta, sujeira, bisca, trapo, cachorrinha, coisa ruim, lixo—não tinha conta o numero de appellidos com que a mimoseavam. Tempos houve em que foi—bubonica. A epidemia andava na bérra, como novidade, e Negrinha viu-se logo appellidada assim — por signal que achou linda a palavra. Perceberamno e supprimiram-na da lista. Estava escripto que não teria um só gostinho na vida, nem esse de personalizar a peste...

O corpo de Negrinha era tatuado de signaes roxos, cicatrizes, vergões. Batiam, nelle, os da casa, todos os dias, houvesse ou não motivos. A sua pobre carne exercia para os cascudos, cocres e beliscões a mesma attracção que o iman exerce para o aço.

Mão em cujos nós de dedos comichasse um cocre, era mão que se descarregaria dos fluidos em sua cabeça, de passagem. Coisa de rir, e vêr a careta...

A excellente Dona Ignacia era mestra na arte de judiar de crianças. Vinha da escravidão, fôra senhora de escravos — e daquellas ferozes, amigas de ouvir cantar o bolo e estalar o bacalháo. Nunca se affizera ao regimen novo—essa indecencia de negro egual a branco, e qualquer coisinha: a policia !

"Qualquer coisinha": uma mucama assada ao forno porque se engraçou della o senhor; uma novena de relho porque disse: — "Como é ruim, a Sinhá !"

O 13 de Maio tirou-lhe das mãos o azorrague mas não lhe tirou da alma a gana. Conservava, pois, Negrinha em casa como remedio para os frenesis. Simples derivativo.

— Ai ! Como allivia a gente uma roda de cocres bem fincados!...

Tinha de contentar-se com isso, judiaria miúda, os nickeis da crueldade: — cocres, mão fechada com raiva e nós de dedos que cantam no côco do paciente. Puxões de orelha: o torcido,

de despegar a concha (bom, bom, bom! gostoso
de dar !) e o a duas mãos, o sacudido. A gam-
ma dos beliscões: do miudinho, com a ponta da
unha, ao torcicão do umbigo, succulento, equivalente ao puxão de orelha. A esfregadela: roda de tapas, cascudos, ponta-pés e safanões á
uma — divertidissimo! A vara de marmello, fle-
xivel, cortante: para doer fino, nada melhor !

Era pouco, mas antes isso do que nada. Lá
de vez em quando vinha um castigo maior para
desobstruir o figado, e matar saudades do bom
tempo. Foi assim com aquella historia do ovo
quente.

Não sabem ? Ora ! Uma criada nova furtára
do prato de Negrinha — coisa de rir — um pedacinho de carne que ella guardava para o fim.
A criança não sofreou a revolta e atirou-lhe um
dos nomes com que a mimoseavam todos os dias.

— Peste ? Espere ahi ! Você vae vêr quem
é peste.

E foi contar o caso á patrôa.

D. Ignacia estava azeda, e necessitadissima
de um derivativo. Sua cara illuminou-se.

— Eu curo ella ! disse desentalando as banhas do throno e indo para a cozinha, qual uma
perúa choca, a rufar as saias.

— Traga um ovo !

Veiu o ovo. D. Ignacia mesma pol-o na chaleira d'agua a ferver e, de mãos á cinta, gosan-
do-se na prelibação da tortura, ficou de pé uns
minutos, á espera. Seus olhos contentes envolviam a misera criança que, encolhidinha a um
canto, tremula, olhar esgazeado, aguardava alguma coisa de nunca visto. Quando o ovo chegou a ponto a boa senhora exclamou:

— Venha cá !

Negrinha approximou-se.

— Abra a bocca !

Negrinha abriu a bocca, como o cuco, e fechou
os olhos. A patrôa, então, tirou da agua "pulando" o ovo, com uma colher, e zás! na bocca da
pequena. E antes que o urro de dôr saisse, pra-
tica que era D. Ignacia nesse castigo, suas mãos
amordaçaram-na até que o ovo arrefecesse. Negrinha urrou surdamente, pelo nariz — esper-

neou, mas só. Nem os vizinhos chegaram a perceber aquillo. Depois:

— Diga nomes feios aos mais velhos outra vez, ouviu, peste?

E voltou, contente da vida, para o throno, a virtuosa dama, afim de receber o vigario que chegava.

—Ah, monsenhor! Não se póde ser boa nesta vida... Estou criando aquella pobre orphã, filha da Cezaria; mas que trabalheira me dá !

— A caridade é a mais bella das virtudes ! exclamou o padre.

— Sim, mas cança...

— Quem dá aos pobres empresta a Deus !

A virtuosa senhora suspirou piedosamente:

— Inda é o que vale...

Certo dezembro vieram passar as férias com Santa Ignacia duas sobrinhas suas, pequenotas, lindas meninas louras, ricas, nascidas e criadas em ninho de plumas.

Negrinha, do seu canto, na sala do throno,

viu-as irromper pela casa a dentro como dois anjos do céo — alegres, pulando e rindo numa vivacidade de cachorrinhos novos. Negrinha olhou immediatamente para a senhora, certa de vel-a armada para desferir sobre os anjos invasores o raio dum castigo tremendo.

Mas abriu a bocca: ella ria-se tambem... Quê? Pois não era um crime brincar? Estaria tudo mudado — e findo o seu inferno — e aberto o céo ?

No enlevo da doce illusão, Negrinha levantouse e veiu para a festa infantil, fascinada pela alegria dos anjos.

Mas logo a dura lição da desegualdade humana chicoteou su'alma. Beliscão no umbigo, e nos ouvidos o som cruel de todos os dias:

— Já, para o seu logar, pestinha ! Não se enxerga ?

Com lagrimas dolorosas, menos de dôr physica que de angustia moral — soffrimento novo que se vinha sommar aos já conhecidos, a triste criança encorujou-se no cantinho de sempre

— Quem é, titia ? perguntou uma das meninas, curiosa.

— Quem ha de ser? disse a tia num suspiro de victima — uma caridade minha. Não me corrijo, vivo criando essas pobres de Deus... Uma orphã... Mas brinquem, filhinhas, a casa é grande, brinquem por ahi a fóra.

"Brinquem !" Brincar ! Como seria bom brincar ! reflectiu com suas lagrimas, no canto, a dolorosa martyrezinha que até alli só brincára, em imaginação, com o cuco !

Chegaram as malas e logo,

— Meus brinquedos ! reclamaram as duas meninas.

Uma criada abriu as malas e tirou-os fóra.

Que maravilha ! Um cavallo de rodas !... Negrinha arregalava os olhos. Nunca imaginára coisa assim, tão galante. Um cavallinho ! E mais... Agora... Que era aquillo? Uma criancinha de cabellos amarellos... que fala "papá"... que dorme...

Era de extase o olhar de Negrinha. Nunca vira uma boneca e nem siquer sabia o nome desse brinquedo. Mas comprehendeu que era uma criança artificial.

— E' feita !... murmurou, extasiada.

E, dominada pelo enlevo, um momento em que a senhora saiu da sala a providenciar sobre a arrumação das meninas, Negrinha esqueceu o beliscão, o ovo quente, tudo, e approximou-se da criaturinha de louça. Olhou-a com assombro e encanto, sem geito, sem animo de pegal-a.

As meninas admiraram-se d'aquillo:

— Nunca viu boneca ?

— Boneca ? repetiu Negrinha. Chama Boneca ?

Riram-se as meninas de tanta ingenuidade.

— Como é boba ! disseram. E você como se chama ?

— Negrinha.

As meninas novamente torceram-se de riso; mas vendo que o extase da bobinha perdurava, disseram-lhe, estendendo-lhe a boneca:

— Pegue !

Negrinha olhou para os lados, resabiada,

com o coração aos pinotes. Que aventura, Santo
Deus ! Seria possivel ? Depois, pegou na boneca. E muito sem geito, como quem pega o Senhor Menino, sorria para ella e para as meninas, com relances d'olhos assustados para a
porta. Fóra de si, litteralmente... Era como se
penetrasse no céo e os anjos a rodeassem, e um
filhinho de anjo lhe viesse adormecer ao collo.
Tamanho foi o enlevo que não viu chegar a patrôa já de volta. D. Ignacia entreparou, feroz,
e esteve uns instantes assim, immovel, presenciando a scena.

Mas. era tal a alegria das sobrinhas ante a
surpresa extactica de Negrinha, e tão grande a
força irradiante da felicidade desta, que o seu
duro coração, afinal, bambeou. E, pela primeira
vez na vida, soube ser mulher. Apiedou-se.

Ao percebel-a na sala Negrinha tremeu, passando-lhe num relance pela cabeça a imagem do
ovo quente, e hypotheses de castigos peiores
ainda. E incoerciveis lagrimas de pavor assomaram-lhe aos olhos.

Falhou tudo isso, porém. O que sobreveiu foi

a coisa mais inesperada do mundo: — estas palavras, as primeiras que ouviu, doces, na vida:

— E, vá você tambem, mas veja lá, hein ?

Negrinha ergueu os olhos para a patrôa, olhos ainda de susto e terror. Mas não viu nella a féra antiga. Comprehendeu e sorriu-se.

Se a gratidão sorriu na vida, alguma vez, foi naquella carinha...

Varia a pelle, a condição, mas a alma da criança é a mesma, na princezinha e na mendiga. E para ambas é a boneca o supremo enlevo. Dá a natureza dois momentos divinos á vida da mulher: o momento da boneca, preparatorio, e o momento dos filhos, definitivo. Depois disso, está extincta a mulher.

Negrinha, coisa humana, percebeu que tinha uma alma no primeiro dia da boneca. Divina eclosão ! Surpresa maravilhosa do mundo que trazia em si, e que desabrochava, afinal, como fulgurante flôr de luz. Sentiu-se elevada á altura de ser humano. Cessára de ser coisa e d'ora ávante lhe era impossivel viver a vida de

coisa. Si não era coisa ! Si sentia ! Si vìbra-
va !...

Assim foi, e essa consciencia a matou.

Terminadas as férias, partiram as meninas,
levando comsigo a boneca, e a casa reentrou no
ramerrão habitual. Só não voltou a si Negrinha.
Sentia-se outra, inteiramente transformada.

D. Ignacia, pensativa, já a não atenazava
tanto, e na cozinha uma criada nova, boa de coração, amenizava-lhe a vida.

Negrinha, não obstante, caira numa tristeza
infinita. Mal comia e perdera a expressão de
susto que tinha nos olhos. Trazia-os agora nos-
talgicos, scismarentos.

Aquelle dezembro de férias, luminosa rajada
de céo, trevas a dentro do seu doloroso inferno,
envenenára-a.

Brincára ao sol, no jardim — brincára !...
Acalentára, dias seguidos, a linda boneca loura,
tão boa, tão quieta, a dizer papá e a cerrar os
olhos para dormir. Vivera realisando sonhos
da imaginação. Desabrochara-se d'alma.

A repentina retirada de tudo isso fôra forte

demais para a debil resistencia de uma alma com um mez de vida apenas. Enfraqueceu, definhou, como roída de invisivel doença consumptora. E uma febre veiu, que a levou.

Morreu na esteirinha rota, abandonada de todos, como um gato sem dono. Ninguem, entretanto, morreu jámais com maior belleza. O delirio rodeou-a de bonecas, todas louras, de olhos azues. E de anjos... E bonecas e anjos rodamoinhavam em torno della numa farandola do céo. Sentiu-se agarrada por aquellas mãosinhas de louça, abraçada, rodopiada.

Veiu a tontura, e uma nevoa envolveu tudo. E tudo regirou em seguida, confusamente, num disco. Resoaram vozes apagadas, longe, e o cuco pela ultima vez lhe appareceu, de bocca aberta. Mas, immovel, sem rufar as azas. Foi-se apagando. O vermelho da guéla desmaiou... E tudo se esvaiu em trevas...

.. ..

Depois, valla commum. A terra papou com
indifferença sua carnezinha de terceira, uma
miseria, quinze kilos mal pesados...

E de Negrinha ficaram no mundo apenas duas
impressões. Uma comica, nas meninas ricas:

— Lembras-te? aquella bobinha da titia, que
nunca vira boneca?

Outra de saudade, no nó dos dedos de D.
Ignacia:

— Como era boa para um cocre!...

ABOUT THE AUTHOR

The creator of Negrinha and so many other famous characters was born on 18 April 1882 in the town of Taubaté-SP, during its coffee plantation apogee. The region Vale do Paraíba was the biggest producer in Brazil, and the country exported over fifty per cent of the coffee consumed on the planet. When Monteiro Lobato was six-years-old, the last slavery—the latest law only allowed the enslavement of black people—was abolished and the region eventually made a transition, joining the world trend Industrial Revolution.

Monteiro Lobato was the son of the illegitimate daughter of a wealthy married viscount—Joaquim Francisco Monteiro, the Viscount of Tremembé, a landowner and farmer. Aged only eleven, Monteiro Lobato changed his name from José Renato to José Bento, thus naming himself after his father, the small farmer José Bento Marcondes Lobato.

Monteiro Lobato lived in the countryside with his two sisters, their mother Olympia, and their father. At the age of sixteen he lost his father, and at seventeen he lost his mother. At eighteen, he wanted to study Arts but to appease his grandfather who paid for his education he enrolled at Law School instead. There he thrived, as he had for friends fellow brilliant minds, and as a group they discussed books, wrote their own material, and founded a local newspaper. A recurring theme in his many articles was the need for love and kindness to be taught, 'as these were not that inherent in humankind'.

Monteiro Lobato died at home, aged 66, victim of a stroke, at the break of dawn on 04 July 1948.

Below is a good-humoured autobiography he wrote aged 39, published in the No. 1 of A Novella Semanal magazine.

Monteiro Lobato's Autobiography

He was born in Taubaté on the 18th of April of... 1884 (actually, 1882). He was breastfed until 1887. He was a late talker, and at five he heard for the first time the famous adage 'Slow horse/Woman who... standing up/People from Taubaté/*Dominus libera me* (Lord, deliver me).'

He agreed with that.

Later, he had mumps when he was nine. Measles when he was ten. Whooping cough when he was eleven. The first zits, when he was fifteen.

He liked books. He read STORIES OF CHARLEMAGNE AND THE TWELVE PEERS OF FRANCE, ROBINSON CRUSOE, and everything from Jules Verne.

He was sent to school, where he wasn't a good student, or a bad one—he didn't stand out. He failed his Portuguese papers, examined by Freire. He insisted. He graduated from Law School in five years—well deserved. He was a district attorney at Areias, but he didn't prosecute anybody. He had no talent for discussing tiny arguments and abandoned the ruby ring (which he never used on his finger, by the way).

He turned himself into a farmer. He had coffee at 4,200 for 30lb and beans at 4,000 the bushel.

In time he convinced himself that being a producer was a synonym for being an imbecile and changed classes. He went to the paradise of the middlemen. He turned himself into a businessman, a very shrewd one. He began by being his own editor and then he ended up editing other people.

He wrote some tales that sell: URUPÊS, a genre that sold well, CIDADES MORTAS, IDEIAS DE JECA TATU, by-products, PROBLEMA VITAL, NEGRINHA, NARIZINHO. He intends to also publish a sensational romance that begins with a gunshot: 'Pow! And the infamous one falls roundly dead...'

In this romance he shall introduce a far-reaching novelty, that is, he will supress all the bits that the reader skips.

Trivia: he doesn't write poetry, he doesn't understand about them, and he didn't try the incursion into Buenos Aires.

Physical traits: gorgeous![1]

Monteiro Lobato

---

[1] A Novella Semanal, Ano I, nº 1 - São Paulo, 2 de maio 1921.

Monteiro Lobato c. 1920.

Follow us on Instagram ⊙ *YELLOWWOODPECKERGRANGE*

To find out about other works by MONTEIRO LOBATO and get to know more about this and the other books in the YWG COLLECTION, come and visit our website at *WWW.YELLOWWOODPECKERGRANGE.COM* or write to *PR@YELLOWWOODPECKERGRANGE.COM*

We look forward to seeing you there!

'You only become rich by acquiring knowledge. Wealth is not the accumulation of money or assets; it is the betterment of spirit and soul. The real treasure is not the one you carry in a pocket, but the one you carry in your mind. And only those who own the mind (or heart) wealth can use well the material wealth that consists in assets and money.'

– MONTEIRO LOBATO